LE CHIEN DU ROI ARTHUR

D1387411

L'auteur

Odile Weulersse est née à Neuilly-sur-Seine. Diplômée de l'Institut d'études politiques de Paris, agrégée de philosophie, elle est actuellement maître de conférences à l'université Paris-IV Sorbonne. Elle aime faire revivre, à travers de passionnantes aventures, les anciennes civilisations.

Du même auteur, dans la même collection :

L'oasis enchantée

Loi n° 49-956 du 16 juillet 1949 sur les publications destinées à la jeunesse : octobre 1994.

© 1994, éditions Pocket Jeunesse Paris.

ISBN 2-266-08645-6

Achevé d'imprimer en juillet 1999
par Maury Eurolivres –45300 Manchecourt

Dépôt légal : octobre 1994.

Odile WEULERSSE

Le chien du roi Arthur

Illustrations de Lise Coutin

POCKET
jeunesse

HAPITRE PREMIER

OSCAR

Le forgeron Cadoc frappait fort pour clouer le fer sur le sabot du cheval.

— Et qu'est-ce qu'il t'a dit alors, le chevalier Gauvain ? demanda Oscar.

Le forgeron leva vers lui des yeux malicieux.

— Il m'a dit : « Je suis Gauvain, neveu du roi Arthur, et je te demande l'hospitalité pour la nuit. »

— Et après, qu'a-t-il fait ?

— Il a dormi.

— Et le lendemain ?

— Il est parti en disant : « Je m'en vais délivrer une jeune fille. Car j'ai fait serment de porter secours à toute dame ou demoiselle en détresse. »

— Il n'a rien dit d'autre ?

— Seulement : « Ami, que Dieu te garde. » Puis il s'est éloigné au grand galop en chantant : « Les chevaliers errants courent aux quatre vents, l'aventure les attend. »

Oscar baissa la tête, songeur. C'était un garçon de quinze ans, aux cheveux bouclés et décolorés à la chaux. Il avait de grands yeux rêveurs.

— Moi aussi, un jour, je rencontrerai l'aventure, déclara-t-il fièrement.

Puis il sauta à cheval :

— Ami, que Dieu te garde, dit-il.

Et il partit en chantant : « Les chevaliers errants courent aux quatre vents, l'aventure les attend. »

Lorsque Oscar rejoignit le troupeau, le soleil brillait haut dans le ciel et réchauffait agréablement l'air encore frais du mois de mars. Les moutons broutaient paisiblement et Élaine, âgée de dix ans, cueillait des fleurs.

Elle leva son visage piqué de taches de rousseur :

— Vieux corbeau ! Vieux héron !

— Toujours la même charmante façon de surnommer ton frère !

— Toujours la même façon de me laisser garder le troupeau ! répliqua-t-elle.

— J'ai galopé à travers la lande une petite heure.

— De longues heures, tu veux dire. Ton cheval est tout en sueur. Tu t'es encore pris pour un chevalier !

— Tais-toi ! Écoute !

Au loin, s'élevait une étrange plainte dont le garçon ne pouvait deviner si elle était humaine ou animale. C'était une sorte de cri modulé sur trois notes descendantes. Oscar avait beau examiner la prairie, les buissons, les bosquets d'arbres, il ne distinguait rien d'anormal dans ce paysage familier. La plainte semblait venir de la forêt qui recouvrait la colline.

— Quelqu'un appelle à l'aide. Je dois immédiatement porter secours, expliqua-t-il à sa sœur en partant au galop.

— Je n'ai rien entendu du tout, rétorqua-t-elle. Puis elle ajouta : Vieux corbeaux ! Vieux héron ! Vieux rêveur !

Mais Oscar était déjà loin. Élaine haussa les épaules et continua tranquillement à faire un joli bouquet de jonquilles et de narcisses.

Oscar fouilla la forêt de fond en comble, sans rien voir de suspect, sans entendre à nouveau le cri modulé sur trois notes. Il se sentit fort triste. Encore une fois, après un fier départ, il avait raté l'aventure chevaleresque. Il devrait revenir piteusement à la ferme de son père et entendre à nouveau les moqueries de sa petite sœur.

Il errait à cheval, déçu et mécontent, lorsqu'il remarqua, au pied de la colline, une cinquantaine de chevaux qui se dirigeaient en file vers le village. Oscar chevaucha dans leur direction et s'adressa à un garde :

— D'où viennent ces chevaux ?

— Ils viennent de l'autre côté de la mer, de la Bretagne armoricaine. Ils sont beaux, hein ! Ce sont les plus solides et les plus rapides qui soient. Nous les emmenons à la cour du roi Arthur.

Oscar, heureux de se retrouver à côté de bêtes que monterait le roi, suivit le convoi jusqu'au village. Là, ce fut une belle bousculade dans les ruelles étroites, car les villageois étaient tous venus admirer les chevaux.

L'aubergiste, un gros homme rougeaud, courait de tous côtés pour nourrir et loger hommes et animaux.

La nuit tomba vite, en cette fin d'hiver. Les gardiens, après avoir attaché et rassasié les chevaux, entrèrent dans l'auberge pour dîner autour de la table à tréteaux.

Malgré la faim, Oscar ne voulait pas quitter l'écurie et les belles bêtes qui, le lendemain, se dirigeraient vers le comté de Cornouailles. Car c'était dans la forteresse de Kelliwic que le roi tiendrait sa cour le jour de Pâques.

Oscar méditait dans l'écurie lorsque à

10

nouveau le cri singulier se fit entendre. Il provenait de l'extérieur. Attentif au moindre bruit, Oscar écouta la plainte en trois notes se répéter trois fois. Alors il se leva et sortit sur la pointe des pieds.

De l'autre côté du mur, sous un appentis où le bois était entreposé pour l'hiver, se tenaient deux hommes accroupis. Oscar pouvait distinguer leurs tuniques de peaux de sanglier, leurs cheveux longs et un grand sac de cuir que l'un d'eux fermait soigneusement avec une ficelle. Le sac remua bizarrement. Il en sortit, étouffé, le cri mélodieux sur trois notes qu'Oscar reconnut aussitôt. Intrigué, il s'approcha davantage.

— Sale bête, murmura l'un des hommes avec un fort accent saxon. Si elle gémit ainsi chaque fois qu'on veut la nourrir, on la laissera mourir de faim.

— Je n'aurais pas dû faire cela, murmura l'autre homme, qui était celte.

— C'est trop tard, Ifor, pour regretter. Ne te fais pas de souci, ta trahison sera bien payée.

— J'espère que tu ne m'as pas menti ?

— Tout ira très bien. Les Saxons débarqueront bientôt au sud de l'île de Bretagne. Et là...

Le Saxon eut un grand rire :

— ... et là, à Mont-Badon, on tendra un piège à Arthur, et quand il viendra chercher son chien... couic...

Il mima le geste de couper la gorge, et la lame de son couteau étincela dans le noir. Le silence retomba entre les deux hommes. Le Saxon reprit enfin :

— Une fois Arthur mort, nous envahirons facilement tout le royaume de Logres.

— Et si le roi ne vient pas chercher son chien ?

— Il viendra. Il y va de son honneur.

Oscar n'en croyait pas ses oreilles. Ainsi c'était Kavall, le précieux chien du roi Arthur, qui se trouvait dans le sac, Kavall, dont l'aboiement était si particulier que tous les compagnons d'Arthur le reconnaissaient à la chasse ou dans les batailles. Oscar sentait son cœur bondir de joie. Enfin il rencontrait la bonne et belle aventure ! Sauraitil en être digne ? Déjà il échafaudait cent plans romanesques pour arracher Kavall aux deux voleurs.

— Partons ! dit brusquement Ifor. Je me sens très nerveux ici.

— Attendons encore un moment, que tout le monde soit endormi.

Oscar décida d'agir. À pas de loup, il entra dans l'auberge où vacillait une chandelle. Dans un coin sombre de la salle, il enleva délicatement la couverture d'un dormeur et ressortit.

Une fois dehors, il déploya la couverture sur sa tête et ses épaules. Puis il attendit que les nuages cachent la lune et longea le chemin en contrefaisant sa voix.

— Je suis la Vengeance de Dieu... Que le pécheur se repente de sa faute, donne un baiser à son ennemi, restitue ce qu'il a volé, sinon il brûlera dans les flammes de l'enfer.

Les deux brigands sortirent prudemment de l'appentis et dévisagèrent avec suspicion la longue silhouette brune qui, les bras tendus en avant, marchait le long de la route.

— Dieu tout-puissant, pardonnez-moi, murmura le Celte Ifor en essuyant les gouttes de sueur qui perlaient à son front.

— Qu'est-ce que tu racontes ? s'étonna le Saxon qui ne croyait pas au dieu des chrétiens.

— Je vais être maudit et jeté en enfer, bredouilla Ifor. Il faut réparer notre faute.

Il s'empara du sac de cuir contenant le chien et se précipita vers l'écurie en criant :

— Je vais le ramener à Arthur !

— Tu es fou ! s'exclama le Saxon qui se mit à courir pour rattraper son compagnon.

Ifor posa le sac sur le sol, se retourna et envoya un fort coup de poing à son adversaire. Le Saxon frappa à son tour et bientôt les deux hommes roulèrent sur le sol. C'était le moment qu'attendait Oscar. Il se

débarrassa de sa couverture, se rapprocha discrètement du sac de cuir, le saisit et courut vers son cheval. Bientôt il caracolait gaiement vers les collines.

La ferme était isolée, entre forêt et prairies, bien enclose par de solides palissades de bois. Oscar s'arrêta devant le portail fermé et appela à voix basse :

— Élaine ! Élaine !

Déjà les étoiles commençaient à pâlir et il devait se dépêcher.

— Élaine ! murmura-t-il encore une fois.

Dans la chambre où dormait toute la famille, Élaine s'éveilla, se frotta les yeux, entendit prononcer son nom, se leva discrètement et ouvrit la porte qu'elle referma sans bruit. Elle scruta la cour sombre et déserte.

— Élaine !

— C'est toi, vieux corbeau, vieux héron ? chuchota-t-elle.

— Ouvre-moi le portail !

Élaine traversa la cour et fit entrer son frère.

— Qu'est-ce qui t'est arrivé ? Nos parents t'ont cherché partout.

— J'ai rencontré l'aventure, expliqua Oscar d'un ton mystérieux.

— C'est pour une histoire imaginaire que tu me réveilles ! s'indigna la petite fille.

— Cette fois-ci, c'est une véritable aventure, comme celles des chevaliers de la Table ronde.

Élaine soupira.

— Je vais me recoucher.

Elle fit quelques pas en direction de la maison, mais son frère la retint par le bras.

— Devine ce qu'il y a dans ce sac !

Élaine regarda le sac de cuir qui bougeait.

— Un lièvre ?

— C'est beaucoup plus précieux qu'un lièvre.

— Un faucon ?

Oscar annonça gravement :

— Encore mieux. C'est le chien du roi Arthur.

Et comme sa sœur, incrédule, ne disait mot, il ajouta :

— Kavall !

Le chien répondit aussitôt par un aboiement sur trois notes.

— Tu vois bien ! s'exclama Oscar triomphant, il aboie comme on chante.

Le chien aboya à nouveau, pour bien convaincre Élaine.

— Je veux le voir ! s'exclama la petite fille en se précipitant vers le sac.

— N'y touche pas ! Oscar saisit le sac qu'il tint fermement dans ses bras. Je te le montrerai plus tard. Va d'abord dans la maison prendre ma tunique en peau de mouton, des braies, des chaussettes et une chemise de chanvre. Tu expliqueras plus tard à notre père que je suis parti rendre son chien au roi Arthur.

Élaine opina gravement de la tête, rentra dans la chambre à pas furtifs, ouvrit un coffre, en tira les vêtements demandés.

— Qu'est-ce que tu fais ? gémit la mère que cette agitation réveilla.

— Rien. J'ai mal à la tête, je vais me promener dehors.

— Reste dans la cour, surtout. Ne va pas sur le chemin à cette heure.

Élaine mit les vêtements dans un vieux châle et quitta la chambre.

— Laisse-moi voir le chien, une fois, demanda-t-elle à son frère. Tu me l'as promis.

— J'ai réfléchi, ce n'est pas prudent.

— Juste une fois, supplia Élaine.

Oscar regarda le visage ardent de sa sœur.

— C'est entendu. Mais c'est moi qui tiens le sac.

Tous deux s'approchèrent du sac. Élaine défit rapidement le nœud.

— Fais attention, insista son frère.

Bientôt apparut une tête claire, aux oreilles fines, au poil court, qu'Élaine caressa doucement.

— Il est doux et chaud, murmura-t-elle.

— Ça suffit comme ça ! dit Oscar, impatient.

— Encore un petit peu.

Et, d'un mouvement énergique et inattendu, Élaine saisit Kavall par les épaules et tira hors du sac son corps long et agile.

— Tu es folle ! s'exclama son frère.

Mais Élaine donnait des petits baisers sur le museau du chien en murmurant :

— Beau chien, beau chien de roi, tu es le plus mignon, le plus royal... Je n'ai jamais vu de chien comme cela.

— Le forgeron m'a dit que c'était un lévrier. Un chien très rare qui vient d'Afrique, et merveilleux pour la chasse.

Heureux d'être à l'air libre, Kavall aboya. Il réveilla le coq qui aussitôt chanta. Le chien aboya de plus belle. Effrayée, Élaine recula son visage. Le chien se débattit violemment. Élaine desserra son étreinte, et Kavall bondit vers le coq. Les deux animaux se firent face dans un grand tumulte de cris.

— Qu'est-ce qui se passe ? tonna le

père, apparaissant en chemise de nuit sur le seuil, un balai à la main. Qu'est-ce que ce chien vient faire ici ?

Et il s'avança pour donner un grand coup de balai à Kavall. Celui-ci gémit, traversa la cour en courant et s'enfuit par le portail entrouvert. Oscar sauta sur son cheval et le suivit au galop.

— Oscar ! cria le père. Reviens immédiatement !

Seuls, des hennissements et des aboiements lui répondirent. Puis ce fut le silence, entrecoupé par les sanglots d'Élaine.

— Pourquoi pleures-tu ? demanda le père, mécontent.

— C'est de ma faute si le chien s'est sauvé.

— Heureusement qu'il s'est sauvé. Je n'ai que faire d'un chien errant, d'une race que je ne connais pas.

— C'était le chien du roi Arthur, sanglota la petite fille.

Le père se gratta la tête d'un air perplexe, puis leva les yeux vers l'aube qui pointait.

— Et Oscar, où est-il parti ?

— Il est parti à l'aventure.

— Quel malheur ! bougonna le père.

HAPITRE II

BRISANE

Tout le jour, derrière Kavall, Oscar galopa à travers collines et vallons. Si le chien était toujours aussi fringant, le cheval montrait des signes d'épuisement.

— Quand s'arrêtera ce lévrier ? se demandait Oscar.

Vers le milieu de l'après-midi, derrière le village de l'Orme tordu, Oscar croisa une rivière. Il s'apprêtait à s'engager sur le pont, un pont sommaire fait de trois troncs de chêne attachés ensemble, lorsqu'il entendit :

— Malheureux, n'avance pas !

C'était une très vieille paysanne, vêtue d'une tunique rouge fané, de sabots de bois et d'un foulard sur ses cheveux gris. Elle s'approcha en boitant et lui barra le chemin.

— Retourne d'où tu viens, mon garçon, et ne traverse pas le pont des Ombres.

— Laissez-moi passer, expliqua Oscar, car je poursuis un chien très précieux.

— Je sais. Je viens de le voir traverser. Mais sache, mon garçon, qu'en passant ce pont tu entres dans l'Autre-Monde. Il serait plus sage de t'enfuir avant qu'il ne soit trop tard.

— Fuir devant le danger ? Sachez, dame, que je suis en quête d'aventures et d'exploits.

La vieille femme hocha la tête d'un air attendri.

— Appartiens-tu à la Table ronde ?

— Pas encore, mais comme les chevaliers du roi Arthur je redoute la honte plus que la mort.

— Alors que Dieu te protège, soupira la vieille femme en le laissant passer. Et tandis qu'Oscar s'éloignait, elle grommela : Encore un que je vois traverser la rivière et que je ne verrai jamais revenir.

Une centaine de pas plus loin, Oscar rencontra de grandes traînées de brume. Bientôt il fut cerné par un brouillard épais et ne distingua plus rien. Au loin, Kavall aboyait faiblement.

Lorsqu'il sortit du brouillard, Oscar poussa un cri de surprise. Devant lui s'étendait un étang couvert de nénuphars aux fleurs blanches. Au milieu, se dressait un château en partie recouvert de lierre, dont les fenêtres étaient cachées sous les feuilles. Il faisait extrêmement chaud, malgré l'absence de soleil. Sur l'étang, des hommes au teint gris, aux yeux gris, aux habits gris, ressemblaient à des fantômes.

Chacun était assis dans une barque et ramait, ramait sans cesse d'une rive à l'autre. Kavall, immobile, était à l'affût. Puis, brusquement, il leva la tête vers la tour de lierre et se mit à aboyer joyeusement.

Alors apparut sur la tour une jeune fille aux joues éclatantes, aux cheveux d'or noués en une longue tresse, portant des vêtements de jongleur. Elle dansait sur le haut de la tour d'une manière mécanique et parfaite, comme un automate. Elle faisait la roue, des cabrioles en avant, en arrière, des sauts périlleux, frôlant toujours la chute.

— Qu'elle est belle, murmura Oscar, extasié. Puis il se mit à crier : Demoiselle ! Ma demoiselle ! Je viens à votre secours !

Mais la jeune fille continua à danser imperturbablement avec une grâce charmante. Pourtant, dès que Kavall cessa d'aboyer, elle arrêta de danser et s'allongea sur le sol.

— Aboie encore ! ordonna Oscar.

Mais le chien resta muet. Oscar s'énerva :

— Mais aboie donc !

Agacé par l'inertie de l'animal, il lui donna un coup de pied. Kavall gémit et se jeta dans l'étang qu'il traversa à la nage. Furieux, Oscar attacha son cheval à un arbre et fit signe à un rameur-fantôme de s'approcher.

— Est-ce que tu parles ? lui demanda Oscar, intrigué.

— Je vois que tu te portes bien, répondit le rameur.

— Tu te moques de moi ! Évidemment, je suis en bonne santé !

— Ça ne durera pas. Cette traversée est très périlleuse.

Oscar se fâcha :

— Me prends-tu pour un lâche ? Quel danger y a-t-il à s'approcher d'un château ? Dis-moi plutôt qui est cette jeune fille là-haut, qui est tellement belle.

— Elle se nomme Brisane. C'est une nièce du roi Arthur. Elle est très belle. Moi aussi, comme toi, j'ai voulu la sauver.

— Est-ce si difficile ? s'inquiéta le garçon.

— Oui. Elle est prisonnière du sorcier de l'étang. Si personne ne la délivre auparavant, il l'épousera le soir de la Pentecôte, à minuit sonnant.

— Laisse-moi monter dans ta barque, déclara Oscar.

Le rameur émit un petit ricanement :

— Je dois t'avertir. Une fois de l'autre côté, il te faudra traverser le labyrinthe pour accéder en haut de la tour. Ce labyrinthe est infranchissable. Tous les chevaliers qui ont essayé se sont égarés. Ils ont erré des jours et des jours, puis le sorcier de l'étang les a transformés en fantômes, comme moi.

Oscar écoutait à peine. Il pensait avec ivresse au bonheur de délivrer une demoiselle enfermée dans un château enchanté. C'était une aventure exemplaire, aussi belle que celles racontées par Cadoc, le forgeron. Déjà il s'imaginait ramenant Brisane à la cour d'Arthur, quand la barque accosta sur l'autre rive.

Le garçon sauta légèrement sur le sol en disant :

— Attends-moi ici. Je reviens bientôt.

Et comme le rameur-fantôme paraissait étonné, Oscar précisa :

— J'ai un chien exceptionnel, un chien de roi.

Kavall, qui l'attendait, s'élança dans une embrasure basse.

— À tout de suite ! cria Oscar au rameur en pénétrant à son tour dans le château.

Le labyrinthe était étroit, sombre, humide. Il sentait une odeur fade, assez écœurante. Oscar avançait avec réticence. Mais Kavall semblait sûr de lui. À chaque croisement de couloirs, il s'arrêtait, hésitait, puis repartait allégrement. Oscar avait du mal à le suivre. À force de s'arrêter à chaque bifurcation, le chemin commençait à lui

paraître long. Parfois, il se laissait gagner par le doute : si Kavall se trompait et le faisait tourner en rond ? Alors il ne pourrait plus jamais s'échapper de ce couloir sans fin et serait lui aussi transformé en fantôme, victime pour toujours des enchantements de l'Autre-Monde.

Ses craintes se révélèrent fondées. Au croisement suivant, Kavall avait disparu et Oscar fut saisi de panique. Au hasard, il choisit un chemin, avançant prudemment. Soudain il entendit, tout proche, l'aboiement mélodieux de Kavall. « Il vient de trouver Brisane, songea Oscar. Je vais réussir à la sauver. » Il avança, tout joyeux, mais se heurta à un mur qui bloquait le passage. Il revint sur ses pas, prit un autre couloir fermé lui aussi par un mur de pierre. Il retourna à son point de départ, tout en criant :

— J'arrive... J'arrive...

Pendant qu'Oscar, égaré dans le labyrinthe, essayait sans succès de trouver la porte qui débouchait sur la tour, le sorcier de l'étang se dressa devant Kavall. C'était un homme couleur de charbon, aux yeux ronds et jaunes, à la tête énorme sur un petit corps fluet. Il fit, avec sa main droite, des cercles autour du museau du chien en disant :

— Sois pétrifié jusqu'à mon retour.

Aussitôt Kavall se tut et Brisane s'immobilisa. Le sorcier fit un geste autour de sa propre tête. Immédiatement il se métamorphosa en chien, en exacte réplique du chien d'Arthur. Alors il fonça dans le couloir et passa à toute vitesse devant Oscar. En voyant s'enfuir le lévrier, le garçon fut empli de crainte. Il courut derrière l'animal en une essouflante poursuite. Enfin, il aperçut la lumière du jour.

Le chien-sorcier sauta dans une barque, Oscar le suivit, le rameur-fantôme agita ses rames.

— Tu as de la chance d'être sorti vivant, remarqua le rameur. Ton chien est vraiment un chien de roi.

Oscar se tourna vers l'animal :

— Aboie, aboie vite pour faire danser Brisane.

Au lieu de lancer vers le ciel trois notes mélodieuses, le chien lui jeta un regard soupçonneux et méchant, que le garçon ne lui connaissait pas. Mais déjà la barque accostait l'autre rive.

Dès qu'Oscar eut mis le pied sur le sol, le château, l'étang, les hommes-fantômes disparurent dans la brume. Devant lui s'étendaient des prairies où des vaches paissaient paisiblement et un bosquet où des oiseaux gazouillaient. Oscar crut avoir rêvé. Pourtant, à quelques pas, se trouvait son cheval avec le grand sac de cuir pour attraper le chien ; en contrebas coulait la rivière surmontée du pont, fait de trois troncs de chêne et, derrière ce pont des Ombres, se tenait la vieille femme avec un foulard sur la tête. En le voyant, la vieille femme fit le signe de croix et s'enfuit vers l'église du village. Oscar essuya son front en sueur et murmura :

— Cette imbécile me prend pour un diable.

Il descendit près de la rivière, s'aspergea le visage avec de l'eau froide afin de retrouver ses esprits.

— Je vais attraper ce chien rapidement et le ramener au roi Arthur. Ensuite je reviendrai chercher Brisane. Après tout, il y a encore beaucoup de jours avant la Pentecôte.

Mais lorsqu'il voulut attraper le chien-sorcier, celui-ci détala au plus vite, pour s'immobiliser quelques centaines de pas plus loin en le regardant avec des yeux méchants. À nouveau Oscar s'approcha de l'animal, à nouveau celui-ci lui échappa et l'attendit à quelques mètres. Oscar était troublé par la métamorphose du chien. Il n'aboyait plus jamais et ses yeux avaient pris une couleur jaune et une expression mauvaise. Tous deux traversèrent ainsi le village de l'Orme tordu, puis des prairies, puis d'autres villages, puis d'autres prairies, sans qu'Oscar ne puisse jamais attraper le chien-sorcier. L'animal ne mangeait ni ne buvait. Il attendait patiemment le garçon lorsque celui-ci se désaltérait aux fontaines, ou cueillait ici et là des pommes, des poires et des noisettes, ou mangeait des galettes que lui donnaient les femmes, lorsqu'il les aidait à porter leurs jarres d'eau de la fontaine.

Des jours et des nuits passèrent. Oscar ressemblait de plus en plus à un vagabond famélique, aux cheveux sales, aux habits déchirés. Brisane, la jeune fille à la tresse d'or, revenait constamment à son esprit, mais il ne pouvait se résoudre à abandonner le chien. Comme sous le coup d'un enchantement, il se sentait lié à l'animal qui l'attendait toujours, pour mieux le fuir ensuite. Parfois, exaspéré, Oscar lui lançait des pierres pour qu'il s'en aille, mais le chien le regardait méchamment sans bouger d'une patte.

Un jour qu'ils traversaient un village, ils croisèrent des gardes qui sortaient d'une taverne.

— Mais c'est le chien d'Arthur ! cria l'un d'eux en se précipitant vers l'animal.

— Attrapez-le ! cria un autre. Cela fait plus d'un mois qu'on le cherche dans tout le royaume de Logres.

Les sept gardes se précipitèrent vers le chien-sorcier. Celui-ci zigzagua, s'éloigna, rebroussa chemin et passa comme une flèche entre les jambes des gardes comme s'il voulait se moquer d'eux. Finalement, un grand garde à la chevelure rousse saisit le chien par la peau du cou et, triomphant, le tint en l'air comme un lapin.

— Bravo ! crièrent les enfants.

Les villageois applaudirent, les gardes sourirent de satisfaction, certains curieux vinrent toucher une patte de l'animal royal :

— On l'a eu ! dit un garde.

— Oui, on l'a bien eu ! répéta un autre.

— C'est Arthur qui sera content, reprit un troisième

Ils étaient là, tous en cercle, les gardes, les enfants et les gens du village à admirer le chien, lorsque, brusquement, l'animal se transforma en sorcier de l'étang. En voyant son corps noir et son énorme tête aux yeux jaunes, l'assistance poussa des cris de terreur. Les femmes s'enfuirent, les enfants ouvraient des yeux subjugués, les hommes restaient stupéfaits.

Oscar pleurait de rage et de chagrin. Le sorcier s'était bien moqué de lui, depuis le pont des Ombres, en le faisant courir à travers tout le pays de Galles. Soudain, le sorcier éclata d'un grand rire et se volatilisa dans l'air. Le garde paralysé par la stupeur resta la main levée dans le vide.

Puis, petit à petit, l'étonnement, la déception, l'incompréhension firent parler tout le monde en même temps. Un garde cria :

— Attrapez le garçon !

Six mains se posèrent sur les épaules d'Oscar.

— Mais je n'ai rien fait ! s'indigna-t-il.

— Tu as volé le chien d'Arthur.

— Tu as fait un pacte avec le diable, ajouta un autre.

Oscar se débattait vainement.

— Mais laissez-moi, je vous dis que je n'ai rien fait de mal ! Je voulais ramener le chien au roi.

— Dis plutôt que tu voulais ramener un sorcier, un être diabolique, qui aurait porté malheur à Arthur.

Tous dévisageaient Oscar avec haine. Un enfant lui jeta une pierre, un autre un morceau de bois.

— Faut le faire griller sur un feu d'épines, déclara un vieillard. Sinon, le village subira un mauvais sort.

— Du calme, dit un garde. Et il attacha les mains d'Oscar avec une corde de chanvre, qu'il accrocha à sa ceinture.

— Où m'emmènes-tu ? demanda le garçon.

— En prison. Dans le Somerset, à Camaalot, où le roi tiendra sa cour à la Pentecôte.

HAPITRE III

ÉLAINE

Pendant ce temps, les messagers du roi parcouraient tout le royaume de Logres à la recherche de Kavall. Un matin, tandis qu'Élaine jetait des grains aux poules qui caquetaient de satisfaction, deux cavaliers, vêtus de belles tuniques de cuir, apparurent derrière le portail de la cour. Brûlante de curiosité, Élaine courut vers eux.

— Salut. Qui êtes-vous ?

— Nous sommes les messagers du roi Arthur et nous cherchons, par tout le pays, son chien qui a disparu.

— Un lévrier ? suggéra Élaine.

— Cela même. L'as-tu rencontré ?

— Non, non, murmura rapidement la petite fille. Mais un voyageur m'a raconté qu'un jeune garçon l'avait ramené au roi.

— Encore une fausse rumeur ! Si on devait croire tout ce qui se dit dans les villages, le roi aurait déjà cent chiens ! Non, le roi n'a pas retrouvé Kavall. Il est pourtant facile à reconnaître, il aboie comme on chante. Si tu le rencontres par hasard, envoie un messager à Camaalot. Il sera bien récompensé.

Les deux gardes s'éloignèrent. Élaine leur cria :

— Où se trouve Camaalot ?

Sans se retourner, un garde lui désigna le sud. Puis tous deux disparurent dans la forêt. Les poules caquetaient toujours autour d'Élaine qui fit un geste agacé pour les repousser.

— Laissez-moi tranquille. Je n'ai plus de grains et j'ai besoin de réfléchir.

Elle s'assit sur un banc de bois. Les idées se bousculaient dans sa tête. Pourquoi son frère n'avait-il pas encore rejoint le roi, alors qu'il était parti à la nouvelle lune ?

Elle imagina plusieurs solutions, mais toutes aboutissaient à la même conclusion : il était arrivé un malheur à Oscar.

Dès que ses parents eurent quitté la

ferme pour aller vendre leurs œufs et leurs lapins au village, Élaine prépara son baluchon.

— Tu comprends, grand-mère, Oscar est en danger. Je dois lui porter secours.

La grand-mère, assise dans le fauteuil de bois qu'elle ne pouvait plus quitter, agita ses mains nerveusement.

— Mais, mon enfant, une petite fille comme toi, toute seule sur les chemins, risque d'être enlevée par des brigands, ou d'être tuée par un chasseur, ou mangée par un ours, ou...

— Tais-toi, tu ne me feras pas peur. Je trouverai certainement sur mon chemin un chevalier errant. D'après les récits du forgeron, ils viennent toujours en aide aux petites filles en difficulté.

— Votre forgeron vous remplit la cervelle de sottises. Vous êtes des enfants de bergers, vous resterez bergers, et ne rencontrerez jamais les chevaliers du roi Arthur.

Élaine haussa les épaules de dépit, prit ses tuniques, ses chaussettes, noua le tout dans un foulard, embrassa sa grand-mère en disant :

— Dis à père et à mère que je reviendrai bientôt. Et qu'ils ne s'inquiètent pas. Et toi, ne pleure pas.

Élaine marcha tout le jour, dormit sur des fougères, se réveilla avec le soleil et repartit courageusement vers le sud. Dans l'après-midi, elle aperçut un chevalier qui approchait, chantant gaiement, monté sur un magnifique destrier harnaché d'une selle et de rênes couleur d'or. Sur le haubert du chevalier, était jeté un manteau d'écarlate fourré d'hermine, assorti aux rubis incrustés dans le pommeau de son épée. Au bout de sa longue lance, une petite bannière portait un dragon crachant le feu. Élaine reconnut la bannière de Merlin sous laquelle se ras-

semblaient souvent les compagnons d'Arthur. Elle s'avança vers le chevalier qui s'arrêta.

— Que veux-tu ? demanda-t-il.

— Vous êtes bien un chevalier errant ? demanda la petite fille.

L'homme acquiesça de la tête.

— Vous appartenez à la Table ronde ?

L'homme acquiesça à nouveau.

— Alors vous allez m'aider à retrouver mon frère et le chien du roi Arthur.

— Demoiselle, je me nomme Lancelot du Lac, et suis envoyé par Arthur pour retrouver sa femme, Guenièvre, qui vient d'être enlevée. Je n'ai pas de temps à perdre, car je dois ramener la reine à Camaalot pour la fête de la Pentecôte. Et l'amour que je lui porte me presse de la retrouver.

Sans s'attarder davantage, le chevalier reprit sa route.

Élaine était stupéfaite. Ainsi un chevalier pouvait laisser en pleine détresse une petite fille. Il est vrai que c'était pour une reine, mais cette pensée ne la consolait pas véritablement. Le cœur lourd, elle repartit vers le sud.

Quatre jours plus tard, elle rencontra un autre chevalier errant, plus petit et plus mince, mais tout aussi étincelant que le premier. Le pommeau et le fourreau de son épée étaient d'or ciselé. Ses éperons, d'or aussi, étaient attachés à de solides bottes de cuir. Son bouclier et son heaume étaient d'argent. À nouveau le cœur d'Élaine battit d'espoir. À nouveau elle se mit en travers du chemin. Mais, comme s'il ne la voyait

pas, le chevalier passa à côté d'elle, indifférent.

— Hé ! s'écria Élaine en courant à son côté, n'es-tu pas chevalier ? Pourquoi ne viens-tu pas à mon secours ?

Le chevalier la regarda d'un air rêveur, en continuant à chevaucher.

— Je me nomme Perceval et suis parti à la quête du Graal. Personne ne peut m'arrêter tant que je n'ai pas trouvé le château du roi Pêcheur.

Aussitôt il éperonna son cheval. Élaine resta déconfite. Ainsi les chevaliers ne songeaient qu'à leurs affaires. Ils étaient, dans la réalité, bien différents de ceux qu'évoquait le forgeron. Et de colère elle leva le poing en disant :

— Jamais tu ne trouveras ton Graal ! Tu ferais mieux de chercher mon frère.

Puis, tristement, elle s'assit par terre et se sentit désespérée.

À la fin de la journée, le chemin de la forêt déboucha sur une large route d'origine romaine. Un chariot tiré par deux bœufs avançait en cahotant, et ses roues cerclées de fer faisaient un grand vacarme sur les pavés.

— Oh là ! fit Élaine en levant les bras. Le conducteur arrêta son véhicule.

— Que fais-tu là, petite, toute seule sur les routes ? dit l'homme d'une voix chaleureuse. Allez, monte.

— Où allez-vous ?

— À Camaalot, où le roi tiendra sa cour à la Pentecôte. Je suis marchand de tissus et lui apporte du beau lin tissé en Gaule.

— Je viens avec vous, dit Élaine en montant dans le chariot.

En haut d'une colline se tenait Camaalot. La ville était entourée de remparts de pierre surmontés de tours. Les maisons étaient toutes de plain-pied. Les unes étaient

de simples huttes rondes en torchis avec un toit de chaume. D'autres étaient plus vastes, en pierres et en bois. D'étroits canaux traversaient les maisons pour apporter de l'eau. Ici et là, les troupeaux étaient regroupés dans des cours fermées par des barrières de pieux. Élaine n'avait jamais vu une aussi grande ville et s'étonna de tout : des larges greniers où s'entassait le froment, des magasins de luxe qui offraient du vin et de l'huile venus de Gaule, et du bruit, du bruit incessant des forgerons qui tapaient sur leurs enclumes pour terminer à temps épées et éperons, casques et hauberts destinés aux anciens et aux nouveaux chevaliers.

Le marchand de lin arrêta son chariot devant une longue enceinte de pierre.

— Te voilà arrivée. C'est la demeure du roi. Tu y trouveras peut-être son chien.

— Que Dieu te garde, dit Élaine en sautant par terre.

Le chariot s'ébranla dans son fracas habituel, et la petite fille, intimidée, frappa à la lourde porte de bois :

— Y a-t-il un portier ? demanda-t-elle.

— Oui, répondit une voix de l'intérieur. Que veux-tu ?

— Savoir si le roi Arthur est là.

— Pas encore. Sa bannière ne flotte pas sur le toit.

— Et son chien ? demanda Élaine avec moins d'assurance.

La porte s'ouvrit brusquement et sortit un homme à l'air doux et effaré.

— Chut, fit-il, ne parle pas si fort du chien d'Arthur. Il a disparu.

— Comment ?

— Un garçon au pouvoir maléfique lui a jeté un sort.

Élaine fronça les sourcils.

— Je ne comprends rien à ce que tu racontes. De qui parles-tu ?

— Du prisonnier enfermé dans la hutte que tu vois là-bas. On dit qu'il a fait un pacte avec le diable pour faire disparaître Kavall.

Et le portier referma vivement sa porte.

Élaine examina les deux gardes postés devant la hutte qui servait de prison et la contourna. Alors, elle s'accroupit et gratta le mur en chuchotant :

— Vieux corbeau ! Vieux héron ! Est-ce toi ?

— Enfin, te voilà ! Je suis presque mort.

— Que t'est-il arrivé ?

— Trouve le village de l'Orme tordu, au sud du pays de Galles. Tu passeras le pont des Ombres et tu trouveras un château enchanté où sont Kavall et Brisane.

— Qui est Brisane ?

— Une jeune fille qui a besoin d'être secourue et que j'aime.

— Hé là ! fit un garde qui venait d'apparaître, en tapant sur l'épaule d'Élaine. Il me semblait bien entendre parler. Ne reste pas ici. Sinon tu seras, toi aussi, brûlée sur un feu d'épines.

Élaine garda son sang-froid :

— Est-ce que Merlin l'enchanteur est dans cette ville ?

— Non, il est avec son amie Viviane dans la forêt de Brocéliande.

Élaine s'étonna.

— Quoi ? Il préfère rester avec Viviane plutôt que de retrouver le chien du roi Arthur ?

— C'est l'amour, ma petite demoiselle, dit le garde en riant.

« Décidément, songea Élaine, rien ne se passe ici comme je l'imaginais. »

Au sud du pays de Galles, Élaine trouva le village de l'Orme tordu, rencontra la vieille femme, traversa le pont des Ombres, puis entra dans le brouillard et découvrit le château de l'étang. La chaleur y était accablante et tous les rameurs-fantômes sommeillaient dans leur barque. Des nuages de moustiques tourbillonnaient au-dessus de l'eau dans un bourdonnement incessant. Élaine fut si surprise qu'elle resta un long moment immobile. Puis, doucement, elle siffla les trois notes de la mélodie de Kavall. Personne ne répondit. Sans se décourager, elle recommença de plus en plus fort.

Enfin Kavall apparut au sommet de la tour de lierre, attaché par une corde. Il aboyait frénétiquement et fit tant de bruit que les rameurs-fantômes se réveillèrent et qu'une demoiselle avec une tresse d'or se dressa sur la tour. Elle lançait ses bras en

l'air, tendait sa jambe droite, se courbait et se relevait, en des mouvements réguliers et mécaniques.

— Kavall ! hurla Élaine.

Kavall aboya de plus belle et tenta, par des bonds violents, de rompre sa laisse tant et si bien qu'il bouscula Brisane tandis qu'elle faisait la roue. Mécaniquement, la jeune fille continua son mouvement, mais elle perdit l'équilibre et tomba par-dessus le bord de la tour. Kavall aboya en gémissant.

Élaine poussa un cri et se précipita dans une barque. De l'autre côté de l'étang, elle découvrit Brisane, toute recroquevillée dans les lis.

— Es-tu vivante ? demanda Élaine.

Brisane se retourna, porta la main à son front et murmura :

— Oh, que j'ai mal à la tête !

Puis, dévisageant la petite fille, elle demanda :

— Qui es-tu ? Où suis-je ?

— Tu es au château du sorcier de l'étang. Je suis Élaine, la sœur d'Oscar.

— Je ne connais pas d'Oscar. Je ne connais qu'un sorcier.

Brisane se releva en ouvrant des yeux épouvantés.

— Est-ce bientôt la Pentecôte ? demanda-t-elle.

— Dans trois jours.

— Le sorcier doit m'épouser à minuit, sauf si...

— ... sauf quoi... ?

Brisane secoua la tête d'un air navré.

— Je ne me rappelle plus... J'ai tant de mal à me souvenir...

— Cherche... cherche bien..., insista Élaine.

— ... sauf si un chevalier me donne auparavant un baiser. Aah... !

Dans l'étroite ouverture du labyrinthe apparut le sorcier de l'étang. Il ricana :

— Tu parles, maintenant ! Ta chute a brisé le sort que je t'avais jeté.

Brisane eut un pâle sourire d'espoir.

— Je peux partir d'ici ?

— Non. Je vais te cacher jusqu'à la Pentecôte, reprit le sorcier d'une voix terrifiante.

Il s'empara du bras de la jeune fille, la traîna dans le labyrinthe et la conduisit dans la salle la plus basse du château. Là, avec une grosse clé qu'il portait à la ceinture il ouvrit une trappe dans le sol.

— Tu resteras dans ce cachot jusqu'à notre mariage, déclara-t-il.

Le sorcier laissa retomber la trappe, ferma à clé le cadenas et grogna de satisfaction. Puis, lentement, il remonta jusqu'à l'étang. Les rameurs avaient repris leur voyage sans fin. Soudain, le sorcier remarqua, sur l'autre rive, Élaine qui s'éloignait en courant. Ses yeux lancèrent deux éclairs puis se radoucirent.

— À chacun je ne peux jeter qu'un seul sort. J'attendrai pour cette coquine une meilleure occasion.

C'était l'aube de la Pentecôte. Par la porte ouverte de sa prison, Oscar vit arriver le roi Arthur, puis les chevaliers tout armés. Ainsi défilèrent Lancelot du Lac qui ramenait la reine Guenièvre, Gauvain, le vaillant neveu du roi, Ké le sénéchal, frère de lait d'Arthur, et Agravin, et Bohort, et

Sagremor et Cligès, tous preux chevaliers de la Table ronde revenant à la cour du roi pour raconter leurs aventures.

Les gardes de la prison, fort excités par le prodigieux cortège, avaient rejoint le portier de la maison royale et bavardaient gaiement.

— Salut, chevalier Yvain ! cria soudain le portier.

Oscar vit alors passer devant sa porte un cheval qui portait un cavalier et sa sœur Élaine. Celle-ci prit subrepticement le couteau à la ceinture d'Yvain et sauta en disant :

— Merci de m'avoir aidée comme un véritable chevalier errant.

Elle se précipita dans la prison, coupa les liens qui serraient les mains et les pieds de son frère, en expliquant de manière volubile :

— Brisane est dans une trappe du château. Un chevalier doit l'embrasser avant ce soir minuit. Sinon...

Brusquement Élaine se tut et se mit à danser. Mécaniquement, elle sortit de la prison et devant la maison du roi fit des cabrioles et des sauts périlleux, le visage impassible, les lèvres closes.

CHAPITRE IV

MERLIN

Tandis que la foule se rassemblait pour regarder danser Élaine, Oscar, profitant de la distraction du portier, entra dans la forteresse du roi. À l'intérieur de l'enceinte fortifiée, autour d'une grande cour, donnaient de nombreux logis indépendants. Un petit garçon qui jouait à la marelle lui cria :

— Si tu as des armes, dépose-les ici !

À travers la porte entrouverte d'un logis, Oscar vit scintiller dans l'obscurité des épées et des lances. Puis il se tourna vers le petit garçon :

— Un forgeron m'a raconté que le roi Arthur était obligé d'accepter le don qu'on lui demande. Est-ce vrai ?

— C'est vrai. Mais il est difficile de le rencontrer. C'est mon père, le portier, qui donne l'autorisation de voir le roi à ceux qui le méritent. Comment te nommes-tu ?

— Oscar, fils de Bran.

Le petit garçon se mit à rire.

— Je n'ai jamais entendu ce nom et pourtant je connais tous les chevaliers du royaume. Jamais mon père ne te laissera entrer dans la grande salle.

Oscar s'approcha du petit garçon.

— J'ai besoin d'un cheval et d'une épée. Si tu me laisses voir le roi, je retrouverai Kavall, cette nuit même.

— Tu sais où il se trouve ? demanda le garçon, les yeux écarquillés.

— Oui.

Le petit garçon regardait autour de lui d'un air perplexe.

— Sinon, ajouta Oscar, je dirai que par ta faute le chien du roi est mort. Car il mourra demain à l'aube, si je ne le sauve pas cette nuit.

Le petit garçon, affolé par les propos menaçants d'Oscar, murmura :

— Suis-moi.

Oscar monta les trois marches de l'escalier en pierre d'une grande maison rectangulaire. Sur le seuil de la porte, il resta un moment stupéfait tant la pièce lui parut merveilleuse. Les cloisons de bois étaient peintes en rouge. Au-dessus de chaque porte et de chaque fenêtre brillait une baguette d'argent. Le sol était couvert de fleurs odorantes. Sur un lit aux montants de cuivre, la reine Guenièvre, dans une robe en velours bleu, était entourée de ses dames. À droite de l'entrée, une grande table ronde était recouverte de vaisselle d'argent et d'or. Certaines places étaient vides, d'autres occupées par des chevaliers racontant leurs aventures, que Blaise, le barde, assis sur une botte de paille, écrivait consciencieusement. Autour de la table, le roi, reconnaissable à sa couronne, se tourna vers l'inconnu :

— Sois le bienvenu, et apprends-moi ton nom.

— Je suis Oscar, fils de Bran.

Les chevaliers se turent et regardèrent avec étonnement le jeune garçon aux cheveux emmêlés et à la tunique rapiécée. Gauvain partit d'un grand rire :

— J'ai cru que c'était Merlin qui nous faisait encore une farce.

— S'il n'est pas arrivé, remarqua Lancelot, c'est certainement à cause de Viviane.

Brusquement Oscar déclara d'une voix forte :

— Sire, je viens ici vous demander un don.

Les chevaliers souriaient, amusés par la requête que le roi se devait d'accepter. Arthur prit la parole :

— Je t'accorderai tout ce que tu veux sauf mon vaisseau, mon épée, ma lance, mon bouclier, mon couteau et ma femme. Dis-moi maintenant ce que tu demandes.

— Être fait chevalier sur-le-champ ! déclara Oscar d'une voix forte.

— Tu le seras, répondit Arthur.

Un écuyer sortit précipitamment de la salle et revint avec l'équipement d'un chevalier.

Arthur s'avança vers le jeune garçon, lui laça un éperon au talon droit. Ké lui laça l'éperon du talon gauche. Arthur lui passa le haubert et l'épée. Puis il le frappa vigoureusement sur l'épaule en disant :

— Dieu te fasse chevalier.

Oscar répondit à toute vitesse :

« Je jure que jamais dame ou damoiselle ne
viendra chercher secours auprès de moi sans
la trouver. Et que jamais homme ne viendra
demander de l'aide contre un ennemi sans
l'obtenir. »

— Je jure que jamais dame ou damoiselle ne viendra chercher secours auprès de moi sans le trouver. Et que jamais homme ne viendra demander de l'aide contre un ennemi sans l'obtenir.

Quoique fort étonné par la rapidité de la réponse, Arthur embrassa le nouveau chevalier puis l'invita à s'asseoir.

— Prends place à cette table.

— Excusez-moi, Sire, bredouilla Oscar, mais je dois partir immédiatement. Je reviendrai ce soir et vous ramènerai votre chien. Que Dieu vous garde et vous donne joie et santé !

Et le garçon se précipita dehors, emprunta un cheval à l'écurie et partit au grand galop.

Une lourde chaleur tombait sur l'étang. Les rameurs-fantômes dormaient dans les barques. Oscar attacha son cheval à un arbre et siffla. Sur la tour de lierre, le chien lui répondit par des aboiements pathétiques. Les rameurs se réveillèrent. Oscar traversa l'étang couvert de nénuphars. Kavall tira si fort sur sa laisse qu'il la brisa et se précipita dans le labyrinthe. Au pied de la tour, Oscar attendit longtemps le lévrier. Sur le sol, accroché à une pierre, il remarqua un morceau de tunique appartenant à Brisane. Il le ramassa avec soin. Quand enfin le chien déboucha du labyrinthe, Oscar lui fit sentir le tissu et lui ordonna :

— Trouve-la... allez... vite !

Le chien s'engagea dans un étroit souterrain qui débouchait sur une salle basse et obscure. Là, il s'arrêta sur une dalle de fer et aboya mélodieusement. Dès qu'il se tut, Oscar entendit une faible plainte. Aussitôt il s'allongea sur le sol et cria très fort :

— Brisane ! Êtes-vous là ?

— Venez à mon secours ! À mon secours !

Oscar essaya en vain de soulever la plaque bloquée par un cadenas.

Il s'épuisa à tirer sur l'anneau, puis à frapper sur la serrure. Enfin il s'assit sur le sol, découragé. Alors il se rappela Cadoc, le forgeron, qui ouvrait les serrures avec la lame de son couteau. L'entreprise fut plus facile que prévu. La grosse serrure grinça et Oscar poussa un cri de victoire. Brisane, très pâle, les yeux agrandis par la peur hurla :

— Qui êtes-vous ?

— Je suis le chevalier Oscar. Je viens vous délivrer du sorcier de l'étang.

Brisane tendit ses mains vers le garçon lorsque retentit une voix stridente :

— En garde !

Oscar se retourna. Une épée brillait dans la pénombre, une étrange épée qui bougeait toute seule.

— En garde ! répéta la voix.

— Que se passe-t-il ? demanda Brisane, affolée.

— Le sorcier s'est rendu invisible, cria Oscar en dégainant et il ajouta : Tu n'as pas honte de te battre en te cachant ?

— Je n'ai pas le stupide orgueil des chevaliers, reprit le sorcier. La seule chose qui compte pour moi, c'est d'épouser Brisane cette nuit.

Ce fut un long et dur combat. Les épées ferraillaient durement. Le cliquetis des lames résonnait sous la voûte. Parfois Oscar faisait des bonds pour éviter la lame de son

ennemi, parfois il pointait dans le vide le corps invisible du sorcier. Quoique le combat fût inégal, il se sentait invincible. Le sorcier faiblissait : son épée était plus lente et plus molle dans ses attaques. Elle tomba finalement sur le sol dans un grand tintement. À côté, tombèrent des gouttes de sang. Avec le sang, l'enchantement cessa et le sorcier redevint visible. Il fit quelques pas chancelants puis s'effondra. Oscar s'approcha de son ennemi dont le corps paraissait plus mince et plus frêle qu'auparavant. Mais ses yeux jaunes brillaient encore. Le sorcier dit :

— Je ne suis pas encore vaincu. Moi vivant, tu n'emmèneras pas Brisane hors de ce château.

Oscar se pencha vers la jeune fille à la tresse d'or.

— Prenez mes mains, dit-il, je vais vous aider à sortir de ce trou.

Brisane commençait à tendre les bras lorsque son blanc visage se couvrit de poussière. C'était une poussière épaisse comme de la sciure de bois, qui tombait du plafond, juste au-dessus de la trappe. Elle tombait, dense et régulière, recouvrant le dos d'Oscar, puis le corps de Brisane. Elle pénétrait dans le nez, la gorge et les yeux. Elle remplissait les poumons.

— Ne m'abandonnez pas ! cria Brisane.

— Je ne vous quitterai jamais, dit Oscar en sautant dans la trappe.

Kavall tentait d'aboyer mais suffoqua rapidement. Brisane pleurait. Oscar songea à ses parents, au roi, à Dieu. La sciure s'élevait maintenant jusqu'au cou de la jeune fille. Oscar la serrait dans ses bras en murmurant :

— Je resterai avec vous, toujours. Même dans la mort. Et il lui donna un baiser.

— J'arrive ! j'arrive ! dit une voix joyeuse.

Immédiatement, la poussière s'arrêta de tomber. Petit à petit, l'atmosphère s'éclaircit et Oscar put distinguer un homme beau, aux cheveux blonds, à la courte barbe, aux yeux étincelants. Kavall sautait autour de lui en aboyant comme un fou. L'homme s'approcha du corps du sorcier qu'il toucha avec le pied. Le sorcier poussa une longue plainte déchirante et mourut.

Aussitôt des cris s'élevèrent de l'étang. Tous les rameurs-fantômes, délivrés de l'enchantement, redevenaient chevaliers. Ils parcouraient le château à la recherche de Brisane. L'un d'eux entra dans la pièce souterraine et s'exclama avec stupéfaction :

— Merlin ! Merlin ! tu nous as délivrés !

— Salut, chevalier, répondit l'enchanteur. C'était un sorcier coriace que ce sor-

MERLIN

cier de l'étang. Il pouvait jeter une grande variété de sorts, mais ne pouvait les jeter qu'une seule fois. C'était là sa faiblesse.

— Sais-tu où se trouve la jeune fille à la tresse d'or ? demanda le chevalier.

— Là, fit Merlin en riant. Et il montra Oscar et Brisane enlacés. J'étais un peu en retard, ajouta-t-il gaiement, mais Viviane ne voulait plus que je quitte la forêt de Brocéliande. Maintenant, vite, allons à Camaalot. Arthur doit être mécontent de mon absence.

Élaine dansait comme un automate devant la maison du roi, lorsque l'enchantement du sorcier la quitta. Elle regarda, héberluée, la foule qui la dévisageait.

— Que s'est-il passé ? demanda-t-elle au portier.

— Tu dansais tout le temps, sans rien entendre. Tu devais être possédée par un sorcier.

— En effet, se souvint Élaine, maintenant il doit être mort. Je veux entrer dans la maison du roi.

— Qu'est-ce que tu racontes ? demanda le portier. Le roi a déjà des danseurs. As-tu un art particulier ?

— Je sais deviner l'avenir.

Le portier fit une moue peu convaincue.

— Je ne te crois pas.

— Tu as tort. Je t'annonce que mon frère Oscar va ramener le chien d'Arthur.

— Vraiment ? s'étonna le portier.

— Vraiment, répondit avec assurance la petite fille.

— Eh bien, tu rentreras quand ton frère sera là, conclut prudemment le portier.

Accroupie sur une marche, Élaine attendit sagement, examinant avec curiosité les chevaliers, écuyers, dames et demoiselles qui arrivaient pour la Pentecôte. Dans la forteresse de Camaalot, tout le monde se préparait pour la fête du soir. Hommes et femmes se décoloraient les cheveux, sortaient des coffres leurs plus belles tuniques, leurs plus belles sandales. Les serviteurs apportaient le vin précieux venu de Gaule, les lièvres et les sangliers tués dans les forêts. Les bardes buvaient des tisanes pour éclaircir leur voix afin de chanter longuement les prouesses des chevaliers. Soudain Élaine se redressa en criant :

— Vieux corbeau ! Vieux héron !

Oscar se retourna d'un air gêné vers Brisane.

— C'est ma sœur, expliqua-t-il. Elle m'appelle toujours ainsi.

Kavall se précipita dans la salle du roi. Le portier hocha la tête en regardant Élaine :

— Maintenant, tu peux entrer, dit-il.

La grande salle du roi était pleine de monde. Les chevaliers se tenaient autour de la Table ronde, les autres par terre ou sur des bottes de foin. Arthur se tourna vers Oscar :

— Chevalier, raconte-nous ton aventure. Nous sommes impatients de savoir comment tu as retrouvé Kavall.

Tous se turent pour l'écouter, à l'exception de Kavall qui aboya d'une manière furieuse autour d'un écuyer qui venait d'entrer.

— Kavall, silence ! ordonna Arthur.

Mais le chien ne se calmait pas. Intrigué, le roi demanda à l'écuyer :

— Qui es-tu ?

— Je suis écuyer dans ton écurie.

Oscar sursauta en entendant cette voix qu'il n'entendait pas pour la première fois.

— Sais-tu pourquoi mon chien aboie à ton approche ? demanda le roi.

— Je l'ignore.

— Menteur ! s'écria Oscar. Je te reconnais maintenant. Tu es Ifor, le traître qui vola Kavall pour le Saxon.

Puis, se tournant vers le roi, il ajouta :

— C'était pour vous tendre un piège à Mont-Badon, où vous attend l'armée saxonne.

Le roi Arthur réfléchit un moment avant de déclarer :

— Puisqu'elle nous attend, nous partirons dans trois jours vers l'est pour combattre l'armée des Saxons. Mais nous combattrons loyalement.

Les chevaliers poussèrent des cris de joie pour acclamer leur roi.

Quelques semaines plus tard, le forgeron Cadoc remettait un fer au sabot d'un cheval. Un petit garçon de dix ans, aux cheveux drus et roux, assis sur une botte de paille, lui demanda :

— Et qu'est-ce qui lui est arrivé ?

— Une nuit, après la victoire de Mont-Badon qui stoppa les ambitions des Saxons sur le royaume de Logres, une nuit donc, j'entendis frapper à la porte. Je sortis du lit, pris une chandelle et demandai :

— Qui est là ?

— Un chevalier de la Table ronde, qui demande l'hospitalité pour la nuit.

— Un chevalier de la Table ronde est toujours bienvenu dans ma maison.

J'ouvris les verrous de la porte. Devant moi se tenait un fier cavalier, vêtu d'un haubert, la tête en partie dissimulée sous un casque.

— Entre, chevalier, lui dis-je. J'ai déjà reçu sous mon toit Gauvain et Sagremor, et Perceval qui partait à la recherche du Graal. Et toi, comment te nommes-tu ?

— Oscar, répondit le chevalier, Oscar, le fils de Bran. Et il m'embrassa en riant.

Le forgeron se tut. Le petit garçon aux cheveux drus et roux ouvrait des yeux rêveurs. Puis il se leva et partit en chantonnant :

— Les chevaliers errants courent aux quatre vents, l'aventure les attend...

LE ROI ARTHUR :
LÉGENDE OU RÉALITÉ ?

LE ROI ARTHUR

Le roi Arthur est un personnage légendaire, dont l'existence, vraisemblable selon de nombreux témoignages, n'est cependant pas historiquement prouvée.

Arthur serait né aux environs de 475, dans le sud-ouest de l'île de Bretagne, appelée aujourd'hui Grande-Bretagne. À cette époque, l'île de Bretagne, conquise par les Romains en 43 après Jésus-Christ, avait retrouvé son indépendance depuis l'an 410.

À la centralisation romaine succéda un pouvoir émietté en de nombreuses tribus qui se faisaient constamment la guerre, pillant les châteaux et volant les troupeaux. Ainsi les Celtes du sud-ouest de l'île s'opposaient aux Pictes du nord, aux Irlandais, mais aussi aux Saxons qui venaient du continent.

Au début du VIe siècle, les ambitions saxonnes sur l'île de Bretagne se précisèrent.

Pour s'opposer à cette menace, un chef celte, un certain Arthur, champion de la foi chrétienne, parvint à rendre solidaires les différentes tribus de l'île. En 517, les Saxons lancèrent un assaut général qu'Arthur repoussa à Mont-Badon, victoire qui arrêta pour vingt ans les ambitions saxonnes.

Mais les conflits reprirent entre les Celtes. Le neveu d'Arthur, Mordret, s'allia avec les Pictes, les Irlandais et les Saxons pour battre son oncle. À la bataille de Camlann, Mordret blessa Arthur à mort et fut lui-même tué.

Puis les Saxons et les Angles envahirent progressivement la Grande Bretagne, et Arthur, le héros celtique qui s'était dressé contre les étrangers, devint un personnage de légende.

La légende du roi Arthur s'est établie à partir de contes oraux racontés en langues diverses : en celte, en latin, en franco-normand, sur la côte occidentale de l'Europe. À partir de cette tradition, le Gallois Geoffroy de Monmouth écrivit en 1132 l'« Historiae regum Britanniae » qui raconte l'histoire du royaume breton. Déjà Arthur y possède une naissance légendaire, grâce au savoir prophétique de Merlin, et porte son épée, Excalibur, forgée en Avalon (sans doute le Glastonbury actuel).

En 1155, Wace reprend la légende en anglo-normand et la dédie à Henri II et à son épouse Aliénor d'Aquitaine. Arthur y devient un grand seigneur féodal, aimé et admiré de ses vassaux. Quelques années plus tard, en 1191, on supposa que les tombes de Guenièvre et d'Arthur se trouvaient à Glastonbury (Avalon) dans le Somerset et on construisit une nécropole.

C'est le Français Chrétien de Troyes qui écrivit en « roman », c'est-à-dire dans la langue de tous les jours (et non pas en latin), les récits concernant la vie d'Arthur et de ses vassaux, et les fait ainsi entrer dans la littérature européenne. Toutefois ces récits (Érec et Énide, Cligès ou la Fausse morte, Lancelot ou le Chevalier à la charrette, Le Chevalier au lion, Perceval ou le conte du Graal), écrits pour les seigneurs du XIIᵉ siècle, présentèrent la cour du roi Arthur selon le modèle courtois des mœurs de l'époque, et non pas selon les mœurs du VIᵉ siècle. La Guenièvre féerique de la tradition orale devint une souveraine modèle, sage et généreuse, digne épouse d'Arthur. Chrétien de Troyes rattacha à l'histoire d'Arthur la légende du Graal dont il fit Perceval le héros. Il développa la dimension féerique des légendes en évoquant l'Autre Monde, source de rêveries imaginaires.

Les récits concernant Arthur et ses compagnons évoluèrent sous des influences *diverses, en particulier chrétienne. Jusqu'au XVᵉ siècle, de nombreux auteurs inventèrent de nouvelles aventures aux chevaliers de la Table ronde.*

LA TABLE RONDE

L'institution de la Table ronde regroupait, autour du roi Arthur, un certain nombre de vassaux, choisis parmi les hommes les plus courageux du royaume et dont le nombre varie, selon les sources, de 50 à 150. Ces guerriers, preux et vaillants, étaient au service du roi, de la société et du droit. Chacun d'eux étaient également au service d'une dame de la Cour dont il était le « champion ». Le devoir des chevaliers de la Table ronde était de défendre la veuve, le faible et l'orphelin contre brigands et autres malfaiteurs, mais ils se montraient parfois oublieux de leur rôle.

Les chevaliers se réunissaient régulièrement autour d'une grande table ronde, dans la salle du roi, pour discuter de l'ordre du

royaume et raconter en détail leurs nombreuses aventures et leurs « prouesses »,
c'est-à-dire leurs actions d'éclat et les diffi-
ciles combats d'où ils étaient sortis vain-
queurs.

La Table ronde est mentionnée pour la
première fois dans le récit de Wace. Il
l'expliqua par l'intention du roi Arthur de
rendre tous les chevaliers égaux. Le roi
lui-même se tenait parmi eux. La Table

ronde évoque vraisemblablement une vieille coutume celte selon laquelle les guerriers étaient assis en cercle autour de leur chef.

Plus tard, on attribua à Merlin l'invention de la fameuse Table, qui serait la troisième du genre : la première étant celle du Christ avec ses apôtres pendant la Cène, la seconde, la table du Saint-Graal, faite par Joseph d'Arimathie. Joseph d'Arimathie y garda un siège pour son fils Joseph, et toute personne s'y asseyant sans en avoir le mérite était engloutie par la terre. Pour cette raison, ce siège sera appelé le Siège Périlleux, ne pouvant être occupé que par un « Vrai chevalier ». Il le sera par Galaad, lorsqu'il aura découvert et emporté le Saint-Graal.

La Table ronde était le centre autour duquel s'organisait le royaume. Les chevaliers partant à l'aventure venaient y raconter leurs exploits. Quant au roi, il ne pouvait quitter sa demeure sans y être obligé par un motif valable. Il devait aller à la bataille, mais sans combattre lui-même. Pourtant sa présence était indispensable pour obtenir la victoire.

Tout le monde pouvait entrer dans le palais du roi. Mais le portier décidait de ceux qui avaient droit au logement et de ceux qui, par leur mérite, pouvaient pénétrer dans la salle du roi. Alors, chacun pouvait lui demander un « don ».

L'ÉQUIPEMENT
DES CHEVALIERS

Le haubert *: longue tunique de mailles d'acier tressées, ou cotte de mailles qu'on enfilait par la tête et qui recouvrait le corps et les avant-bras.*

La coiffe de haubert, capuchon de mailles, protégeait la tête sous le casque.

Le bassinet de l'armure était une calotte de fer portée sous le casque.

Le heaume *: casque qui comportait parfois un « nasal », pièce de métal destinée à protéger le nez et le haut du visage, et qui était mobile. Le heaume pouvait être décoré d'escarboucle, pierre précieuse rouge foncé, qui brillait dans l'obscurité.*

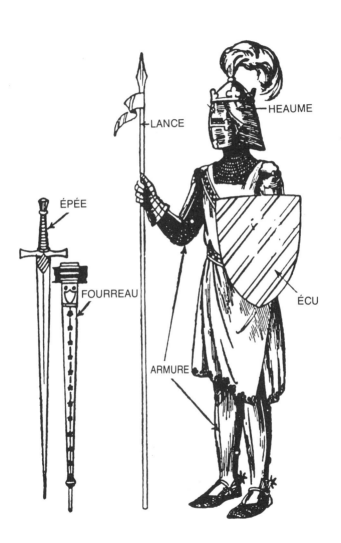

ÉPÉE

FOURREAU

LANCE

HEAUME

ÉCU

ARMURE

Les chausses, *en étoffe ou en mailles de métal, protégeaient les pieds et les jambes. Parfois elles montaient jusqu'à la taille.* *Les* gantelets *montaient jusqu'au coude.*

LES ARMES

*L'*écu *: bouclier généralement oblong, muni au centre d'une bosse appelée « boucle ». Fait en bois, en métal ou en cuir, il était souvent peint et décoré avec les armoiries de son chevalier et, éventuellement, d'une*

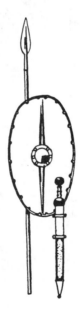

escarboucle. *On le tenait dans la main gauche par une bande de cuir fixée en son centre.*

L'épée : *les épées étaient fabriquées dans la maison du roi par les forgerons, artisans les plus importants de l'époque. L'épée est l'arme par excellence avec une lame à double tranchant. Le pommeau, d'or ou d'argent, était souvent ciselé et décoré de pierres précieuses. Le fourreau était aussi un travail d'art, incrusté d'or et de rubis. Compagne indispensable du chevalier, l'épée portait un nom. Elle se portait à gauche et le poignard pendait à droite.*

Les éperons : *pièces de métal, fixées au talon et terminées par une roue à pointes, pour piquer les flancs du cheval.*

Le baudrier : *bande de cuir portée en écharpe, à laquelle s'accrochent une épée et un couteau.*

La lance : *longue hampe terminée par un fer pointu. À la lance était attaché un gonfanon, morceau d'étoffe aux couleurs symboliques qui servait d'étendard. Le gonfanon pouvait être bordé par un orfroi, c'est-à-dire un galon d'or.*

Par la suite, aux XIIIᵉ et XIVᵉ siècles, les vêtements et les armes des chevaliers devinrent de plus en plus lourds et encombrants.

L'adoubement *: lorsqu'un vassal s'est fait particulièrement remarquer pour son courage au combat, il pouvait devenir chevalier de la Table ronde. Il était alors adoubé (c'est-à-dire fait chevalier) devant tous les autres réunis dans la grande salle : le roi lui passait l'armure, les éperons, l'épée, puis l'adoubait au nom de Dieu, d'un coup du plat de l'épée sur l'épaule. Le nouveau chevalier prêtait alors serment et, devenu l'égal des autres, il prenait place à la Table ronde.*

TABLE DES MATIÈRES

Pocket junior
plus de 150 romans à découvrir

Le cri du loup / Melvin Burgess

Ben a commis une grave erreur en révélant à un chasseur qu'il existait encore des loups dans le sud de l'Angleterre. Car ce chasseur est un fanatique, constamment à la recherche de proies inhabituelles. Très vite, l'homme n'a plus qu'une idée en tête : exterminer les loups jusqu'au dernier.

Akita / Bernard Clavel

Akita, chien fidèle et heureux, est enlevé par des voleurs. Enfermé dans un chenil où il est maltraité, il n'a qu'une idée en tête : retrouver ses maîtres. Akita parvient à s'échapper et marche jusqu'à l'épuisement. Lorsqu'il arrive enfin chez les siens, il s'aperçoit qu'un autre chien a pris sa place.

Le secret du roi des serpents et autres contes / Jean-François Deniau

Sais-tu qu'on peut devenir roi en apprenant le langage des animaux ? Que le bonheur peut surgir à l'improviste par une nuit d'orage ? Et qu'il est tout à fait possible de battre le diable à une partie de poker ?

Un mari délicieux et autres contes / Jean-François Deniau

Une princesse grignotant son mari, ça n'existe pas, ça n'existe pas. Un garçon incapable de pleurer et une fille ne sachant pas rire, ça n'existe pas, ça n'existe pas. Des enfants tombés aux oubliettes, ça n'existe pas, ça n'existe pas. Et pourquoi pas ?

Le 397e éléphant blanc / René Guillot

La cour est en deuil : l'éléphant blanc, le 396e de la lignée, vient de mourir. Le petit roi, celui qu'on appelle Lumière du matin, est tout triste. Mais il est courageux : il part à l'autre bout du royaume pour parler aux collines. Elles seules savent où se trouve le 397e éléphant blanc, Hong-Mo le magnifique, Hong-Mo l'éléphant magique.

Pistolet-souvenir / Claude Gutman

Avec sa petite taille, ses vieux vêtements et ses piètres résultats scolaires, Petit-Pierre est devenu la brebis galeuse et le souffre-douleur de la 6e D. Mais le jour où il débarque dans la classe, le visage tuméfié, plus personne ne rit. Julien décide de l'aider. Il réussit à gagner sa confiance et Petit-Pierre livre son terrible secret.

Les oiseaux de nuit / Tormod Haugen

Entre Sara qui raconte n'importe quoi, Julie et Tora qui le traitent de trouillard, Roger qui joue les gros bras et Papa qui déprime, Joakim est en permanence sur le qui-vive. D'autant plus qu'il a une imagination débordante : sa voisine de palier est sûrement une sorcière, et dans l'armoire de sa chambre se cachent des milliers d'oiseaux prêts à l'attraper à la première occasion.

Le cœur en bataille / Marie-Francine Hébert

Qui m'aime ? se demande Léa. Plus personne. Même pas elle. Et surtout pas les garçons. Elle se croit bien trop ordinaire pour séduire. Que vient alors faire Bruno, le plus beau garçon de la classe, dans tout ça ?

La bille magique / Minfong Ho

Dix ans après, Dara se souvient. Elle a douze ans. Avec sa famille, elle fuit son village natal au Cambodge, ravagé par la guerre. Réfugiée dans un camp à la frontière thaïlandaise, elle se lie d'amitié avec Jantu, une fille de son âge, et la vie reprend ses droits. Mais les combats se rapprochent. Il faut repartir. Dans l'exode, Dara se retrouve seule, avec pour tout bagage une bille d'argile, cadeau de Jantu.

La longue route d'une Zingarina / Sandra Jayat

Stellina, quinze ans, ne peut accepter le mariage arrangé que lui impose la coutume tzigane. Choisissant la liberté, elle quitte sa tribu, un matin à l'aube. Sans argent, avec pour tout bagage un petit ours en peluche, elle effectue un interminable voyage à pied qui la conduit des bords du lac Majeur à la frontière française.

Moumine le Troll / Tove Jansson

Sur une colline, Moumine et ses amis trouvent un grand chapeau noir. Ils le rapportent fièrement à la maison, sans se douter que ce beau chapeau va provoquer une cascade d'événements rocambolesques dans toute la vallée.

A comme Voleur / Jean-Claude Mourlevat

À quatorze ans, Arthur se retrouve seul dans un appartement de HLM. Sa mère vient de partir, son père ne donne plus signe de vie depuis longtemps. Pour survivre, Arthur se fait voleur. Et par amour pour Florence, la fille à la jolie bouche qui tient une caisse au supermarché du coin, il imagine le plus beau projet de sa vie, un projet lumineux.

La balafre / Jean-Claude Mourlevat

Olivier, treize ans, vient d'emménager à La Goupil, un hameau perdu. Un soir, l'adolescent est attaqué par le chien des voisins qui se jette sur la grille avec une rage terrifiante. Ses parents pensent qu'il a rêvé, car la maison est abandonnée depuis des années. Olivier est le seul à croire à l'existence de l'animal, le seul à voir une petite fille jouer avec ce chien. Obsédé par ces apparitions fantomatiques, Olivier veut comprendre.

Feux de détresse / Pef

À cause de notre chatte Lilas on ne s'arrête jamais en chemin. Jamais de panne, jamais d'essence à prendre, jamais soif, jamais envie de pipi... Mais un jour on a crevé. J'ai cru que la route allait rentrer dans mon siège. On s'est arrêté... Et tout a commencé... !

L'œil du loup / Daniel Pennac

Dans un zoo, un enfant et un vieux loup borgne se fixent, œil dans l'œil. Toute la vie du loup défile au fond de son œil : une vie sauvage en Alaska, une espèce menacée par les hommes. L'œil de l'enfant raconte la vie d'un petit Africain qui a parcouru toute l'Afrique pour survivre, et qui possède un don précieux : celui de conter des histoires qui font rire et rêver...

Anatole Tamar, le zèbre à pois / Clémentine Pol-Tanguy

Parce qu'il est né avec des pois, Anatole le zèbre est rejeté par les siens. Condamné à être seul, il part vers l'ouest. Il ne sait pas encore qu'il a rendez-vous avec un ami : Amadou, un petit d'homme, le premier à ne pas rire de lui.

La vie sans May / Cynthia Rylant

Pour Summer, douze ans, perdre May, celle qui a remplacé sa maman, est un événement très difficile à surmonter. Mais redonner le goût de la vie au vieil Ob, le mari de May, est encore plus difficile, malgré tout l'amour et la compréhension qu'elle y met. Heureusement, elle est aidée par Cletus, un garçon de sa classe. Lui seul distrait Ob de son chagrin.

L'esclave du tapis / George Selden

Orphelin à douze ans, Tim doit dire adieu à sa vie de bohème, auprès d'un père fou de sciences occultes et d'une drôle de voyante. Il s'installe chez tante Lucie, qui se déclare allergique à son chien Sam. Pour le garder, Tim s'en remet à la magie et convoque un Génie, enfermé dans une tapisserie. Celui-ci sauve Sam de la fourrière en le changeant... en homme !

L'oasis enchantée / Odile Weulersse

Alors qu'elle voyage avec son frère et ses parents dans le désert, Mina aperçoit un lac. Refusant de croire qu'il s'agit d'un mirage, elle s'éloigne du campement improvisé où sa famille fait la sieste. Mais le lac s'efface brusquement et Mina se retrouve seule dans l'immensité silencieuse.